혼자 부르는 노래

혼자 부르는 노래

박혜선 시집

도서출판 명성서림

시인의 말

나의 고향 남양주는 지금은 대도시가 되었지만 내가 초등학교 다닐 때만 해도 그냥 시골이었다. 아버지는 서울에서 공직생활을 하시면서 고향인 남양주에 땅을 꽤 사놓으셔 동네에서 몇 안 되는 보릿고개를 모르고 사는 중농이셨다. 하지만 시골에선 쌀을 내다 팔기 전엔 현금을 만지기 어려운 때 마석읍에 사는 아이들과는 생활의 격차가 엄청 났다.

난 차라리 공부를 못했으면 좋겠다는 생각을 여러 번할 만큼 반장, 부반장은 마석에서 약국이나 방앗간, 포목점을 하는 아이들이 차지했는데 자기들보다 공부 잘하는 나를 이리저리 괴롭히며 왕따를 시키고 공부를 못하는 아이들은 무엇인지 내게 거리감을 두고 잘 놀아주지 않았다. 아버지를 따라 시골에 내려온 어머니는 늘 챙 넓은 모자와 소매가 긴 블라우스를 입고 평생 서울 여자로 살다 돌아가셨다.

그런 엄마를 구박하면 아버지를 졸라 서울로 가버릴까 할머니의 모든 눈총은 나를 향했고 그에 맞서는 어머니의 스트레스 해소 대상도 내가 될 수밖에 없었다.

4

그 어린 나이부터 글을 끄적이는 것으로 자신을 달래며 살아온 것 같다. 평소 슬픈 영화나 드라마를 절대 보지 않는다. 너무나 많은 것들이 쏟아져 나올 것 같기 때문이다. 나를 구원해주고 지탱해주는 가족들과 친구들에게 고마움을 느낀다. 황새가 되지 못한 그렇다고 뱁새의 무리에도 끼지 못하고 그렇게 비틀대며 오늘도 버티어내고 있다.

2023년 여름
박 혜 선

차례

제1부   기다리는 하루

제2부 마음 나누기

제3부 바람에 흔들리는

제4부 소중한 것들

제5부 작은 손에 힘

제6부 혼자 부르는 노래

1부

기다리는 하루

2월에는

물비늘 반짝거려
귀 기울여 들어보면
발밑을 간질이는
새순 움트는 소리

소복이 쌓인 겨울눈이
아직은 백합처럼
하얗게 반짝이지만

곧 눈이 부신 햇살에
부서지고 말겠지
봄이 온다는 소식에
휘청대며 떠나가겠지

SOS(병원에서)

파릇하게 민 머리가 애처러운
아직은 앳되어 보이는
목소리

거칠게 거부하며
타협하려 하지 않는

웅성되는 소음들
더러는 그를 비난하고
혀를 차며
죄인 다루듯
끌어내는 모양새

사람들 눈에는
보이지 않는걸까
그에 가슴에서 쏟아지는
저 외로운 하얀피가

가을엔

바람에 반짝거리는
햇살 같은
봄이 떠나고

화려한 여인처럼
엄청난 위력을 떨치다
여름이 사라진 거리

짧은 청춘 같은
가을이 떠나는 걸 막으려
석양은 온몸을
불태워 본다

무엇인가를 위해
치열했던 시간들을
내려놓고
이제 편안한 겨울잠을 위해
눈을 감아본다

가을은

밤새 열대야에
시달리다
어디선가 들려오는
가을 소리

여전히 뛰고 있는데
불쑥 솟아오른 땅은
발목을 끌어당기고

모르는 사이
변해 버린 몸은
지나가 버릴 여름을
벌써 그리워하며

밤새 울고 있는
귀뚜라미에게
가을을 전해 듣는다

건강 검진

가슴은 방망이질
호흡은 거칠어지고
우주에 머무르지 못하고
방황하는 위성처럼
나에 내장을 휩쓸고
굴러다니는 돌덩이들
악어 입처럼 생긴
집게가 흔들거리며
성을 지키려 쌓아 논
돌무더기들을 하나 둘 허물어뜨리고
승리에 깃발을
높이 흔들 때 기쁨에 울컥
하늘을 본다

겨울 숲

햇살이 퍼지는
길목에서

하얗게 말라 누운
풀잎들 수런거리는
들길

적막만 남은
숲은

허전함과 외로움만
을시년스럽게 나뒹굴고

아물었던 상처들
다투어서 튀어나와
피를 흘린다

겨울 비

두드리는 소리에
누가 밖에 와있는지

아직은 어둠 한 자락에
미련 떨치지 못한
잠 부스러기들을 끌어안고
바둥거려 보지만
눈에서 멀어진지 오래이고

쏟아지는 빗소리에
물줄기가 한데모여
고인 웅덩이처럼
수많은 생각들이 흘러들어
옛날을 어루만진다

꿈속을 방황하던
철없던 소녀
높이 쌓인 책들에
꾸중 소리 듣는다

경포대

오랜만의 외출
잠을 설친
길고 긴 밤이 지루해
일찍 나간 그 자리엔
남은 시간을 메우듯
어둠이 물끄러미 지나고 있었다

창가를 때리는 빗방울의 아우성
바닷가엔 비와 바람과 파도 소리가
자유롭게 모래밭을 뒹굴고

차갑게 감겨오는
겹겹이 쌓인 시간들을 불러와
함께 웃고 떠들고

언젠가 다시 이곳에 들를 때
그때는 지금처럼 아린기억 없도록
따스한 눈으로 오래오래
바라봤으면

계산법

아무도 말해주지 않지만
겨울이 곧 떠날 것이라고
모든 사람들이 느끼듯
그냥 알아지는 것이 참 많다

작은 기쁨이 지난 뒤엔
그만한 값을 치루고 말 듯

자식이 태어나는 순간
세상 무엇과도 바꿀 수 없는
엄청난 희열을 맛보지만
평생을 값을 치르느라
부모는 등이 굽는다

그렇다면
슬픔을 걸어놓고 돌아선다면
언제 쯤 기쁨이 되어 돌아오려나

고독사

체온이 사라진
이불조각 사이로
비죽이 나온 발바닥

시원한 물줄기를
목 빼고 기다리다
이내 바짝
시들어간다

지글대며 끓던
뚝배기에서는
와글와글
악취들이 들끓고

생과 사를 가르던
시계침 소리가
숨을 고르는 사이

꿈틀거리는 생명들이
마중 나온 먼 길
이제, 문을 닫는다

고백

밤을 새웠다
하얗게
같이 살자는 것이었다

풀꽃 하나 없이 메말랐던
무덤가에
꽃이 피고 새가 울기 시작했다

그 어디에 불씨 남아
이토록
타오른단 말인가

뜨거워진 손을 젖무덤에
살며시 얹으며
볼을 비벼오는

네 살 박이 사나이에
고백을 받았다

고향의 언덕

하루아침에
부자가 되어 버린 사람들
미친 듯이 흥청대다
바람 빠져 골방에 처박힌 지 오래

부모님 피땀 흘린 전답
팔 수 없다 온갖 눈총 받던
사람들이 중심이 되어있는

종이 푸대 자루로
썰매를 타며 구르던 언덕

아프고 달콤했던 기억들이
숨가쁘게 달려왔다
사라져갔다

공원에 앉아서

조붓하게 내리는
어둠속에 고즈넉이 앉아

눈앞에 흐르는
한가로움이 믿기지 않아
나인 듯 아닌 듯
현실감 없는 안식에
흔들리는 눈빛

혼자이고 싶어
털어버리고 싶었던
일상들을
그리워하는 모습이
낯설기만하다

그 아이

소꿉놀이 하며
다정 했던
말없이 눈만 보면
마음을 알 수 있던

친구가 있어서
너무 행복해
눈물을 글썽 이며

언제 무슨 일이 생겨도
늘 내편이던 아이
내게 작은 변화만 생겨도
달려오던

언제 부터인지 벽이 생기고
멀어져 갔다

견딜 수 없어 달려간 그곳에
그 아이는
삶에 지쳐 널브러져
휘청대고 있었다

금붕어

온 집안을 덮을만한 어항
금붕어 두 마리가
긴 똥을 달고 유유히 헤엄치다
사람이 어른거리면
입을 뻐끔거리는 것이
귀엽다가도
뾰족이 날을 세우고 쏘아대던
그녀의 입술이 떠올라 몸서리 쳐진다

도와준 적도 없으면서
매번 책임만 운운하지 말고
품어주자
하지만 냉정한 얼굴
가시돋힌 그 말투
아직은 내마음이 편하지 않아
그냥 조용히 헤엄치고 싶어

기다리는 하루

쫓기 듯 달려가는
시간 속에서
소식을 알 수 없는
사람들에게 편지를 쓴다

끊임없이 떠오르는
보고 싶은 얼굴들

바람이 불 때마다
우수수 떨어지는
색 바랜 나뭇잎들
고향으로 돌아가는 길이 바쁘다

회색 빛으로 젖어드는
먼 하늘 가
함박눈이 내리면
발자국을 만들며
그리운 사람에게로 가고싶다

기다림

동안거 끝나가는
긴 터널에서
겨울잠을 자던
살아있는 것들의
움직임

기다리는 것들은
아무 기별도 없는데
속절없이
테두리 하나 더 두른 체
그림자 밟으며
먼 길을 떠난다

남이섬에서

문득 고개 들어
하늘을 바라보니
가슴 한 켠
저며 오는
아릿한 기억 저 편

재잘 대는
수다 속에서
융화 되지 않는
옹골찬 상념 덩어리

쏜살 같이
달려가는 보트에 소음 속에
유년의 아픔을
묻어 버리고

유난히 곱게
차려입은
단풍나무 아래서
화안하게
웃음 한 자락 날려본다

네모상자는 질투쟁이

서툰 걸음으로 어둠이
다가오면
한 발짝이면 닿을
대문 앞을

먼 거리로 돌고 돌아 헐떡이며
들어서면
반갑게 달려드는 네모상자
잠시도 놓아주지 않는
지독한 집착

꼭두각시처럼 흔들며
웃다보니
소중한 시간을 제멋대로
빼앗아 가고 있었다.

노부부

딩동

번호표를 확인하곤
두려움에 흔들리는 눈빛

그런 남편을
채혈실 의자에 앉히곤
연신 등을 토닥거리는 늙은 아내
파마 끼 없는 푸석한
머리를 질끈 동이고

낡고 늘어진 스웨터에서는
그들의 생활이
화면처럼 다가오는데

일어서는 그녀의
오른손에 들린 지팡이
그녀는 누구보다 아름답고
당당해 보였다

눈오는 아침

좋은 일이 일어 날 것 같은
꿈을 꾼 아침
창 밖을 보니
세상은 온통 은백색

그리움이 차올라
숨조차 쉴수 없던 네가
밤새 달려 왔구나

반가움에 두손 가득
받아드니
기쁨으로 가슴이 반짝이는구나

2부

마음 나누기

독백

난 태어날 때부터 뱁새였다

고만고만한 뱁새들의 무리 속에서
숨을 두 배로 쉬어보고
멈추기도 하면서
달리고 또 달리고
목을 늘려보고
다리를 당겨도 보았지만
자라지 않는 가여운 짧은 다리
그래 다리가 짧으면 어떠리
그게 내 잘못도 아닌데
그동안 다리 긴 애들이랑 어울리느라
몹시도 힘들었어
이젠 편히
짧은 내 다리를 사랑해 줄
그런 애를 기다릴테야

돌멩이

발길에 차여
이리저리 구르고
곤두박질쳐도

조그만 몸뚱어리 하나
기댈 곳 없어
차가운 바람 맞으며
어둠속을 헤매는

모진 폭풍 거세게 몰아쳐
숨이 턱 끝까지 차올라도
묵묵히 제 갈길 가는
울퉁불퉁 모난 돌멩이

비의 흔적 너머
무지개 다리 건너면
반짝반짝 빛나는
나는야 돌멩이

돌아가는 길

붉게 타는 가슴
안으로 끌어안고
괜찮은 하루였다며
무사히 보낸 오늘 하루에
가슴을 쓸어 내린다

봇물 터지듯 쏟아지는
사건들 속에서
빗겨가는 순간에
매번 감사해 하며

저무는 저녁
지는 햇살을
바라본 적이 있는가

사라지는 것이
슬프지만은 않음은
그 화려함이
아름답기 때문이다

동그라미

세상을 달리는
버스 안에서
굼실대며
온 몸에 뿔들이 솟아난다

한낮에 열기를 받아
무럭무럭
자라나는
삼각형 사각형의 뿔들

둥글게 살아가는 법을
배워야한다
뾰족한 곳을
깎아 내느라
멍울진 가슴은 깊어만 간다

동물병원에서

창살 틈 사이로
처량하게 내민 야윈

바람이 불 때 마다
온 몸을 떨며

차돌 같은 까만 눈에
구름 방울 흘날려 보지만

떠오르지 않는
어미의 얼굴

몸이 기억하는
젖무덤에 따듯함만이
살아가는 이유인 것을

되돌이표

아기 놀음에
싫증난 그녀

맑은 얼굴을 하고
살아온 날들을
되돌아가고 있다

처음 본 사람처럼
비어 있는 눈동자로
머 언 하늘을 헤매이다

끊임없이 일상을
되새김질 하느라
오늘은 얼마나 더
야위어 갈는지

두드러기

그녀는 이유를 알지 못했다

무엇이
자신의 몸을 화나게
하는지를

어린 날 수염이
하얗게 날리는할아버지
침을 수없이
맞으면서

어른이 되어선
가끔씩 솟구치는 복통과
발진에 이유를

이제 귀밑이
희끗 희끗해지는
이 나이가 되어서야
몸이 기억하는
아픔에 아우성이었음을

이제는
어깨를 감싸 안으며
따독여본다
모든 걸 용서하며 놓아줄 것을

두꺼비

비 오는 날이면 울었다
어딘가에 있을
그를 위해

어떻게 이곳까지 오게
되었을까
살아낼 수 없는
도시의 하수구

해가 쨍쨍한 날에도
새벽부터 밤까지 울어
모든 것들을 혼란에 빠뜨리고

더 이상 그녀는
비오는 날 울지 않았다
울어야 할 이유가
없어졌기 때문이다

들국화

초록으로
흐트러진 가지
비바람에
흔들리는 모습

인고의 세월 속
정처 없이
헤매 이다가

나뭇가지 사이로 내민
너의
내음 속에

피고 지는 얼굴
바람에
전해다오

떠난 뒤에

살아생전에
일 년에 한두 번도
찾아뵙지 않는

장남만 자식이냐며
펑펑 치듯 쳐대던

이리 저리 뜯어 가고
조금 남긴 노후자금
서로 가져가려다
의 상한

왜
부모님 떠나고 난 뒤
효자인척
살아생전 지은 죄
가슴 뜯으며 후회할까

마음 나누기

몸이 불편한
친구를 위하여
하나 둘 모여든

그 맘이 너무 고마워
달려와 거드는
따듯한 손길

찬바람 따갑도록
손 끝 아리지만
수다와 정은
웃음 속에 버무려지고

배웅 속에 손에 들린 건
김치가 아닌
우리들에 행복이어라

마음 나누기2

여행을 다녀오겠다고
콧노래라도 부를 듯
밝던 친구

전화기 저쪽
힘없는 목소리
무슨 일이냐고 다그치는 물음 속에
안타까이 달려간 마음

연락 없는 방문 거절에
부부는 넋을 잃고

순간 속으로 가라앉고 싶은
채워지지 않을 갈증

흔들리는 눈빛 속에
품안에 자식들이
뛰어 놀고 있었다

마음 밭에 꽃

봄꽃이 흐트러지는
먼 산 붉은 군락
소풍을 가야지
어느 사이 라일락 향
코끝을 어지럽힌다

한창 좋을 나이
어른들에 한숨소리
비웃듯 달리다보니
어느 듯 머리가 희끗 희끗

이제 추억 한 자락에 매달려
마음속에서만 피워야하나

마음 자국

잡으러 쫓아오는 이 없어
급할 것 없는데
숨차게 달려온 세월의 자락

남에 흉 말하지 않기
화내지 않기
주위를 사랑하기

마음에 다짐을 눌러
굳게 언약해 보았지만
어느것 하나 지키지 못한
부끄러운 민낯

해 넘어 가는 언덕에 서서
서성이는 시간들 뒤돌아보며
다시 시작해보는 마음에 자국

마음에 강

물은 보인다
도랑물은 졸졸졸
아무리 깊어봐야 도랑물

조금 깊고 넓어지면
강이라 부르고
더욱 깊고 넓어지면
바다라 부르지

흙탕물일지라도
깊이를 알 수 있건만
도무지 알 수 없는 사람의 마음

자로 잴 수 없고
무게로 달 수 없는
호수같이 맑은 그 속
깊이를 알 수 없어 두려운 강

맏딸

기다림 끝에 만난 그녀
초롱한 눈에
야무진 입매
고집이 세어
걸음마를 떼면서부터
이해를 구해야했다

예리한 지적질에
가슴은 늘 생채기 투성
서로 사랑받지 못한다고
외로워 하며 우울해 했다

지독한 폭염이 끝나가던
여름 끝자락
그녀가 내민 따뜻한 손
화해의 시작이었다

매화

폭풍한설 몰아치고
바늘 끝으로 찌르는 듯
혹한 속에서

누구한사람 안아주거나
마음 한 자락 덮어준 이 없는데
저렇게 우아한 자태로
피어날 수 있는지

뉘라서 아픔이 없고
누군들 상처가 없을까마는

오랜 침묵을 깨고
살풋한 미소를 띠며
돌아온 너의 고개 짓

우리 모두는 손뼉을 치며
황홀한 마음으로 반기었다네

머나먼 나라(몽골)

하늘이 높고 푸른 나라
넓은 초원을 달리며
낙타를 모는

햇빛이 반짝이는
은빛 물결에 호수가
아름답다는 나라

발목을 간질이는
야생화에 마음을
빼앗긴 걸까

낙타에 슬픈 눈에
마음이 약해진 걸까

기다리고 있단다
친구야

머문 자리

많이 아픈 걸까

비틀거리는 동안
봄을 밀쳐내고
여름이 들어앉아
활개를 치고 있다

고통스런 겨울에 아픔을
밀어내며
희망에 선물을 안겨주곤 했었는데

간사한 대지는
여름과 손잡고
끓어오르기 시작했지만

그래도 라일락은
독하게 향기 날리어본다

3부

바람에 흔들리는

메아리

계속 부르면
대답을 해 줄거야

부칠수 없는 편지가
빨갛게 타버린
마음속 우체통에 먼지처럼
쌓여만 가고

이 세상에서 오직 한사람
내편이던 네가
떠나버린 하늘에선
약속처럼 이슬비가 내린다

그 어딘가 가본적도 없는 그곳
네가 있다는 이유만으로
밤새 바람 속을 헤매본다

모퉁이 돌아서서

반가운 모습 기대 하지만
어제와 똑같지 않은
닮은꼴 모습
노란색 털을 가진
고양이가 야옹거리며
도망가지 않는 모습까지

골목 어귀에서 불어오는
계절에 맞지 않는
차가운 바람은
발걸음을 단숨에 골목 끝까지
밀어 부친다

흔들거리는 그림자를
따돌리고
어서 빨리 이 골목을
벗어나야지

묘지 앞에서

흐드러지게 피어있는
하얀 망초 꽃 위에
희미하게 떠 있는

우는 듯 웃는
꽃으로 환생하셨을까

어둡고 컴컴한 곳에
누워 있을 어머니
그 앞에 따뜻한 햇볕을
쪼이고 앉아

등이 시려워서
뼈가 아프다고 산그늘이
즈음 할 때까지 어리광을 부렸다

무말랭이

푸르게 심장 내보이며
물기 없어진
몸 내려다보는

손 마디마디를
주무르며 가을의
짧은 햇빛 속에서
안타까이 말리는 작업을 했을

입이 짧은 친구가
질려하지 않는 유일한 밑반찬을 위해
연례행사처럼
수고를 마다 않는 소중한 선물

미안하다

개천에서 용 났다는
아버지 때문인지
끊임없는 영화감독에
구애를 받았다던 어머니 때문인지

우리 집 식구들은
동네사람들의 입방아에
찧고 또 찧이고

수상한 바람결 그 끝에
늘 서있던 아버지
그런 아버지의 사랑에
목마르던 어머니의
머리맡에 있던 두통약

모든 화살은 애꿎은 내게 꽂혀서
제대로 태워보지도 못한
나에 첫사랑은
소문만 무성하다

세월을 돌고 돌아
어느 날 늙고 야위어
내 앞에 나타났는데
난 그저 한마디 밖에
할 수 없었다
미안하다

바닷가에서

파도는
오열을 참듯
속울음 우는
잔잔함

그는 다 기억하고
있는 것일까
밤을 새워 맺은 그날의
언약들을

차라리 소리 내어
울으려므나
몸부림이라도 쳐보던지

아무 일도 없었다는
말간 얼굴을 하고
그렇게 밤이 가면
새벽은 또 오겠지

바람에 흔들리는

겨울이 가면
봄이 오는 걸
아무도 의심하지 않듯이

안개 자욱이 길을 막아도
햇살이 퍼지면
길이 보일 걸
아무도 의심하지 않는다

마음은 얼만큼 통해야
그렇게 될 수 있는지
바람이 흐르 듯
흔들리는 마음

믿고 있다는건
얼마나 큰 두려움인가

그렇게 살다가 문득 흔들릴 때
무엇으로 화해할 수 있으려는지
바람을 막고
되새김질 해보고 싶다

보라색 카네이션

사내아이 둘이
할머니가 좋아하는
보라색 카네이션을 찾아
천 원짜리 몇 장을 꼭 쥔 체
동네를 누빈다

손녀는 지난번 할머니가 사 준
목걸이를 소중히
꺼내 보이며
수줍게 웃어 보인다

헤어질 때쯤이면
허리에 매달려
볼을 비비며 울먹이는 막둥이

무슨 복에
이런 사랑을 받는지
손자 손녀에게 사랑받는게
이리도 행복한지

해마다 껑충 자란 모습에
저절로 웃음이 나온다

봄날을 그리며

이끼 낀 돌담곁
낡은 매화나무
인사를 하기엔 너무 이른 새벽

기지개 켜는
버들가지 옆
성질 급한 새싹들
피멍이 들고

나도 고단한
내 목숨
울며불며 흥정하지 않으련다.

불경기

짧은 시간
화려한 불빛에 가려져
그들에 고통을 알지 못했다

여름 한철
야장에서의 웅성거림
그나마 야박한 사람들에
방해로 정지된

열심히만 뛰면 아직은
꿈은 부서지고 한숨소리
깊게 스미는데

임대라는 빨간 글씨만이
바람에 펄럭일뿐

비 내리는 종로 거리

몇 방울 내린다던
이슬비가
살금살금 온 가슴 속을
물감 번지 듯 외로움에
젖게 만들어

커피 한잔 값이면
살 수 있는 우산을
못 사고 지하도로 숨어든다

비를 피해 지하도로
옹기종기 모여드는 사람들 속에
노인 몇이
주먹밥을 나누어 먹는다

즐거워하며
웃으면서 먹는 그들의
목젖에서
서러움이 뚝 뚝 떨어진다

비 오는 날

숨소리조차
끊어질 듯 이어지는

바라보는
눈동자 위에
아프게 다가오는 상념의
그림자

잊혀 지지 않는
기억 저편

이런 날은
진한 우울을 타서
마시는 거다

비타민

여보 따용

전화기 건너 들려오는
혀 짧은소리에
정신마저 혼미해진다

꼬기를 사준다며
장난감 돈을 한 웅큼 쥐고
한 뼘도 안 되는 다리로
바람처럼 내달려
품안에 안기는

지친 여름 날
더위마저 잊고
힘이 솟아나게 하는
나의 영양제

빈 의자

마를 사이 없이
물기 닦아
반짝 반짝 윤기 나는

바라만 보아도
쉬어가고 싶은

쓰러질 듯 피곤한
가늘게 떨리는
커피를 든 손

기대어 쉬면
버틸수 있을런지
오늘 그리고 내일

빗속을 날다

쏟아지는 빗속을
무기력하게
노출된 마음 하나

끝이 보이지 않는
허공 속을
가볍게 펄럭인다

오랜 시간
허기지고 슬픈
영혼의 모습하나

이 빗속을 뚫고
자꾸만
비상 중이다

사랑은 떠나는거야

목걸이와 반지로
단장을 해주는데
이 세상에 보석 싫다는 여자가
어디 있으리
함께 살자고 그 더운 여름날에
볼을 비벼대며 뜨겁게 속삭일 때
내 사랑은 영원할 줄 알았다
첫사랑 여자를 배신하며
다음에 뽑는 목걸이는
엄마를 줄게
서운해 하는 제 어미를 달랠 때
알아봤어야했다

유치원에서 하나 둘이던

여인들이

초등학교 들어가선 셀 수도 없다는

첫사랑 여인의 고자질에

난 그냥 망연자실

무슨 게임을 할까

그렇게 물어오던 솜사탕 같은 눈웃음은

어디로 갔는지

숙제가 있다고 제 방으로 쏙 들어가는

나에 사랑

난 이제 무엇으로 살아야 하는지

산행

짙은 녹음 사이
원색에 물결이 떨어져요

끊어질듯 이어지는
만남의 행렬들

줄을 놓치면
덩그렇게 기다림에 바위가
될지도 몰라

계곡에 물안개는
그리움에 몸살을 앓아요

숨이 끊어질듯
자즈러 드는데

앞서가는 이의 뒷통수가
그 애를 닮았다는
이유 하나로
입가에 웃음 막 번져요

살아가는 법

비 오는 날
모든 아이들이
돌아간 텅 빈 운동장
우산을 받쳐주는
말간 얼굴을 보고서야
눈물이 쏟아지듯이

뽀얗게 안개 낀
언덕을 오르며
이 고개만 넘으면
편한 길이 나오리라 생각하며
힘겹게 오르고

아지랑이 아직
피어오르지 않지만
누구나 봄이 와있다는 걸
느끼듯이

그렇듯
이정표 없이
헤매고
떠도는 것

상념 想念

창 밖 가로수 잎이 노랗게
물들고
더러는 떨어져 뒹구는 모습
가슴이 촉촉해지던 그때

분홍빛 잠바위에 숱 없는 생머리를
찰싹 붙게 내려뜨린
그녀가 버스에 오른 것은

어디서 본 듯한 저 모습
아 ~
그녀는 내가 아닌가

50년 전 내가 빤히 바라보는
바깥풍경은 세검정 고개를
넘고 있었다
고개만 넘어가면 불광동 거리

소스라쳐 돌아오는 현실의 둘레

4부

소중한 것들

큰 딸

겨울에 태어난
그녀에 애칭은
야옹이

자신 만만하고 이기적인

다투고 헤어진 뒤
입술이 부르트고
핼쑥해진 그녀

독하게 쏘아대는
내면 속에
아프게 움츠렸을
여린 감성

오랜 가뭄 끝에 내리는
함박눈은
그녀의 삶이
축복이리라 기도해본다

새해맞이

어제와 다른
태양이
떠오르는 것이 아닐텐데

새로운 희망을
바라는 마음
마음들이
새해를 만들었을까

보신각 종이 울리는
소리에 맞추어서
그 어느 때보다
간절한 마음으로

모든 것에 감사하며
살아갈수 있도록
두손 모아본다

생일선물

밥상머리에 마주앉아
웃고 떠들던
지난 시간들

빤히 바라보다
심각한 표정
작년 올해로 너무 무너지네

손가락으로
얼굴 이곳저곳을
찝어 보다
귀밑 새치머리에
비명을 지른다

어미의 시간은
묶어놓고
영원히 옆에 머무르기를

딸 앞에 맘대로
늙으면 안되는 죄로
곧 끌려가게 될지도 모른다

서점에서

문을 열고 들어서면
천장까지 솟은 높다란 책장
어느 통로를 가도 책

옅은 향기를 내뿜는 책들은
사람들의 손길을 기다리며
점점 작고 가벼워진다

내 손길이 대단한 감투라도 되는 양
한 권 한 권 표지만 어루만지며
애간장을 태운다

어떤 책이던 한 장만 넘겨주면
집어삼키기라도 할 듯
준비된 거대한 이야기로
입을 커다랗게 벌린다

선택받은 자만이
따듯한 아랫목을 차지하는 밤
긴 이야기가 시작된다

설날

정성스레 차린
음식상
아이들 재롱에
웃음소리 그칠 줄 모르고

이제는 제법
아줌마 냄새가 나는
딸들 모습에서
세월의 대견함을 느낀다

가진 것 없고
젊음은 떠나갔지만
아쉽기만 하지 않는 것은
가족의 소중함을 알기 때문 일거다

세월2

아린 어깨를 감싸 안으려다
흠칫
손가락의 반응
동그랗던 어깨는
어느 덧 시간에게 덜미를 잡힌 채

모나고 늙은 뼈 조각의 날카로움
그래서 덩달아
성격도 모질었는가

시간이 지나면 여물어가는
세상이치 휘돌아
좁아지고 비뚤어지는
야속한 속내

울다 만 갈매기
쉰 목소리 흉내 내듯
꺼이꺼이
새벽이 오면 너덜거리는 가슴언저리

소원카드

우연히 지나던 사찰 앞
웅성거리는 사람들
곰실거리는 어깨들을 비집고
들여다보니
예쁜 카드에
소원을 적는 행사를 하고 있었다
준비 없이 만난 행운에
뿌듯해하며
떠오르는 수많은 바램들을
밀어놓고
가족들의 건강을
정성껏 적고 돌아서니
누군가에게 소원을 약속이라도
받은 듯이
가슴 가득히 밀려오는
이 편안함

소유 所有

딸아이가 친구문제로
잠을 이루지 못한다고
하소연 한다

삼십년 오랜 친구
다른 친구 하나 끼어들면서
외톨이가 되는 것 같아
마음이 많이 아프단다

친구는 네 것이 아니야
그 애로 인해
즐겁고 행복했잖니
좀 허전하더라도
함께 즐거울 수 있도록
노력을 해봐

사람은 너 혼자
가질 수 없단다

소중한 것들

설친 잠속
충혈 된 눈

휴일 반납하고
달려온 친구들

주면 받아야 한다는
이기심 속에

늘 손해 보며 산다는
비뚤어진 생각

소중한 것이 무엇인지
모르는

세상 다 주어도
바꿀 수 없는 것들

숨바꼭질

눈 가리고
돌아설 때
웃음 지며 다가오던 너

오늘은 어둠이
너무 빨리 찾아와

돌아가는 길도 보이지 않아
늘 보았던 골목길조차

흔들리는 거리
그저 원래대로

돌고 돌아도
찾을 수 없는
기억 속에 맴돌 뿐

돌아가고 싶은 거리

시간이 흐른 지금

가슴에서 피가
흐르듯
그렇게 아파하며
헤어진 사람

행여 소식 들을세라
두려워하며
멀리 돌아서 잊은 듯
살았건만

갑자기 날아든 문자에서
아무 일 없던 것처럼
다른 사람의 안부를
물어온다

가슴 가장 자리가
조용히 눌려온다

시래기

제법 큼지막한
텃밭이 딸린
도시 근교에서
손자에 재롱에 묻혀
세월을 보내고 있는
어릴 적 친구
아픈 허리를 부여잡고
가꾸어서 보내준 잎새들을
귀하고 소중해서
떡잎하나 버리지 못하고
그녀에 향기를
깊이 음미해본다

신발 한 짝

봄 햇살을 따라 걷는
아이들을
물끄러미 바라보다

누군가 미처
줍지 못한 신발 한 짝
눈에 박혀
부지런히 쫓아가서

주인 잃어
방황하던 신발을
앙증맞은 발에
끼워주고 돌아서니

한낱 신발 한 짝도
주인 찾아 가는구나
산다는 것은 참으로
경이롭다

아기놀이

얼마나 많은 이야기를
풀어 놓으려
오랜 시간 낯선 곳을
해매 도는지

놀이 한다고
옛날로 돌아갈 순 없는 것

숨차게 달려온 귀한시간
소중한 순간들을
외면할 사람은 아니지만

모두에 희망에 힘으로
어느 날 문득
환한 웃음으로 답해주길

아름다운 여행

서로 헤어지자는
인사도 못한 채
지아비를 보낸
십년 전 바로 그날

소설 속 주인공처럼
자는 모습 그대로
떠나버린

손바닥만 한
세상 한 조각 가질 수 없는
가난 속에서
활짝 피워낸

살아생전 모습 그대로
이별이 아름다울 수 있다는 것을
가르쳐준 당신

아버지와 아들

바둑을 즐기는
한 켠에 앉아
여자들은 만두피에
각종 야채를
다진 소에 수다를
버무려 담느라
시끌벅적

아이들은 모처럼 만나
재미있어 어쩔 줄
모르는 표정으로 들락 날락

칭얼대는 아이를 재우겠노라
방으로 가는
애비의 한쪽 어깨가
유난히 기우뚱
그 뒤를 따라 가는 세 살 짜리
꼬마의 어깨도 기우뚱

상위에는 똑같이 속만
파먹은 다정한 만두
껍질 두 개가 나란히
뒹굴고 있었다

아카시아

어둠이 내리는
회색 도시
희미하게 풍기는
아카시아 향기가
방황하는 심사를
서럽게 한다

어슴프레 생각나는
골목 친구들
소리 없이
불러 보지만

깊은 곳
한 곳에 여운만 남아
보고픔에 가슴 저민다

아픈 손가락

아주 작은 눈금 하나로
엄마의 뱃속에
안착된 그 순간부터
세상은 녹녹치 않음을
배워버린 서러움에 덩어리
태어나는 것이 축복이 아니었음을
눈뜨기 전에 알아 버렸다
아무도 걸음마를
가르쳐 주지 않아
진흙 구덩이를 네발로 허우적대며
자신에 정체성을 찾으려
몸부림 칠 때
얼굴도 모르는 애비처럼
따듯한 사람
그러나 그는 바다였다
고요한가 하면 포효했고
높은가 하면 잔잔해서
그녀는 날마다 파도에 떠밀리어
멀미에 몸서리치는 중이었다

아픈 손가락2

파도가 너무 심해요
멀미가 나려구 해요
아~
더 이상 못참겠어요

그래
그럼 뛰어 내리려무나
모래밭에 내리련
아니요
모래밭은 너무 따가울 것 같아요

자갈밭에 내리려무나
자갈밭은 발목이 뒤틀릴 것 같아요
항구에 내릴까

어머니
제게 소중한 것들을 갖고
내리게 해 주세요
그럴 수 없단다

그 항구는
너만 내릴 수 있는 곳이란다
모래밭은 따갑고 자갈밭은 뒤틀리고

소중한 것들을 버릴 수 없다면
지켜야지
아가야
아무리 멀미가 심하더라도

애모 哀慕

잘근대는 입술 속에
쉼 없이 흘러나오는 음성이
나를 깨운다

자식 보듬느라
따듯한 눈길한번 주지 못한 설음
밤이 되면 꿈속에
들어앉아 나를 짓누른다

배고프다 허우적거리는
손길을 모른척
반복되는 굴레에 갇혀
눈을 감는다

얼마나 기다려야 동이 트는가
어둠속 머리맡에
웅얼거리는 음성이 끝날 때 쯤
아~ 어머니

5부

작은 손에 힘

여행2

세월을 공평하게
나누어 가진 우리들은
서로를 부끄러워할
이유가 없었다

무엇을 하며
이 긴 밤을 보내야 할까를
걱정할 필요도 없었다

서로의 가방만큼이나 무거운
삶의 이야기들을
쏟아 놓으며
카메라 안에서
웃던 단발 머리 친구는

주름진 얼굴로
다가오며
시간의 흐름을
느끼게 해준다

여행3

세월이 차창을
스치고 있다

양지 쪽에 세워놓고
깨진 무릎에
빨간 약을 발라주고
담요를 나무에 걸어
그늘을 만들어 주던 아비에 모습

빨간 꽃게의 엄지발가락
찐빵에 단팥 맛이
아직도 꿈결에 입안을
맴도는데

사랑하는 이들 떠나버린 거리
이제 돌아가서
휴식을 취하고 싶다

여행4

지나는 시간에 흐름
잡힐 듯 잡히지 않고

따듯이 이끌어준 어버이 손끝
멀어진지 아득해
기억 속에 흔들려

희미한 미로
손 내밀어
잡아 주는 이 없는

고개 들어보니
어느새
회색의 언덕 위에
서있네

옷장 정리

어느 날 문득
오래 묵은 살림들이
눈에 거슬리기 시작

몇 년째 입지 않는 옷들을
미련 없이
집어 던지다가
잘나갈 때 마련한
명품 정장 두벌

차마 버릴 수 없어 입어보니
허수아비에게
입혀 놓은 듯

옷은 변함없이 반짝이는데
오랜 세월
낡고 남루해진

버리고 싶은 것은
내가 아니었을까

외손녀

다섯 살이 되기까지
나만의 사랑

빼앗기던 순간
크게 울지도 못하고
눈물만 떨구던
속 깊은 아이

이제 어엿한 초등학생
모든 걸 잊고 사는 줄 알았는데

사촌들과 함께
오지말라구 속삭이는 것이었다

저 만에 할머니이고 싶단다

웃음 천사

그녀는 등이 몹시
휘어진 불편한 몸을 끌고
맞춘 듯한 구루마에
파지 몇 장 올리고
언덕을 오른 다

힘들 때면
아무데나 주저앉아
하반신은 흙투성이

그래도 눈 맞추며
안부 전하는
그녀에 따듯함

돌아서는
마음속 빌어본다
그녀에게
행운을

월급쟁이

지루한 날
손에 쥔 황금
세월에 던지고
외상 인생
하얗게 비워져 버리는

다음 달 부터는
조금씩이라도 저축을

새로운 시간이 시작되어
몇 푼에 월급 날을 기다리고
그러는 사이

비워진 잔고 사이로
떠오르는 희끗한 귀밑머리

유기견의 첫사랑

바람 구르는
언덕
힘겨운 발길로
헤맨 수많은 날

작은 소리에도
기다림에 떨림으로
밤을 지새우고

기댈 곳 없는 육신
더 간절히
꿈결에라도
그 모습 보고 싶어
눈 크게 부릅떠 애타게 갈망한다

이별 그 뒤에2

짝사랑으로 가슴앓이 하다
돌아 올 수 없는 먼 곳으로
여행을 떠나버린
어머니

추억 한 장 없어
더 가슴 시린 나날들이
한으로 남아

나 떠난 후에
텅 빈자리 따뜻해지게

오늘도 내일도
아이들의 웃음을 찾아
종종 걸음을 친다

인연2

어머니 살아 생전
고향 사람이라
살갑게 대해주던

병명도 모른 체
다리를 절며 떠나가더니
날카롭게 울리는
한통에 부고 메시지

마음 한 켠을 내 주었던가
눈앞이 흐려져 오는 건
매서운 바람 탓만은
아닌듯하다

임금님 귀는 당나귀 귀

더위에 쫓겨
그늘에 앉은
반백에 고만한 아낙들

아들은 무뚝뚝해
전화도 없어
딸이라구 낳을것두 없어
가끔 하더니
허구헌날 떼어먹어

늙으면 섭섭이 병에
걸린다더니
한 아낙
그들에 말을 비웃으며

임금님 귀는 당나귀 귀여

한마디로 일축하자
모두들 고개를 깊게 꺾는다

임진강 넘어

오고 갈 수 없는
비무장 지대에서
몸부림치는 혼백들이여

세월의 휘둘림 속에
돌보아 주는 이 없이
상처 더듬는 오랜 가슴앓이

지울 수 없는
얽힌 이야기들을
속속들이 파헤쳐

사상 이념에 개의치 말고
맺힌 한 풀어
따듯한 화해의 손을 잡고
빛나는 새벽 햇살을
함께 맞이해 보자

자존심

모든 것 내려놓아도
단 하나
놓칠 수 없는

지금까지
혼자 걸어온 길
벗 삼아 버텨 왔는데

무엇이
나를 무너뜨리는가

초연하게
살아가고 싶지만
허리 꺾인 들꽃 마냥
내팽겨 쳐진다

자화상

먼지를 털어내고
걸레질 하며
까치가 우는 날을
애타게 기다리지만

오늘 밤
창문 두드리는 바람 소리
낡은 관절을
어루만지며

삶에 묵은 껍질들을
벗겨내는
연습을 한다

자화상2

길 잃은 강아지처럼
거리를 헤매며 산 세월

지치고 힘들어
집으로 돌아오는 길

비스듬한 언덕조차
헉헉대는

지는 노을 속에 비추이는
너덜해진 남루한 몸뚱이

차오르는 무언가를 걷어내느라
바쁘게 두 눈을 껌벅 거린다

작은 나무

하늘을 향해
두팔 벌리고 태어날 때
세상은 아름다웠다

비 오고 바람 불어
추운 날
내 작은 가지엔 새들
노래 하지 않고 둥지를
틀지 않았다

하지만
그늘에서 나비 쉬어가고
작은 풀잎들 쉴 수 있다면
슬프지 만은 않으리

작은 손에 힘

떨어져 뒹구는
나뭇잎 속에
고즈넉이 앉아있는 나무의자

사내아이 둘을
끌어안고
흐느끼는 젊은 여인

동생인 듯 한 아이
품을 빠져나오려
버둥거리고

그 중 조금 커보이는 아이의
작은 고사리 손이
어미의 등을 토닥토닥

뜨거운 것이 가슴을 출렁이고
작은 손에 위로가
여인을 일으켜

집으로 돌아가게 하는
기적이 일어나기를
간절히 빌어본다

잠 안 오는 밤

내가 오늘 앗아간
생은 얼마나 될까

뿌리째 뽑아버린 들 꽃
신발 밑에 혼비백산
달아나는 개미 떼
푸른 하늘을 열망하는
잠자리 떼의 날갯짓을 꺾는다

입안에서 흘러나가
비수처럼 꽂는 말 한마디
움트던 희망은
허망한 구름이 되어 흩어진다

거역할 수 없는 시간 속에
빼앗은 영혼을 헤아려 보지만
접히지 않는 손가락
오늘도 홀로 밤을 지새운다

장미

달콤한 바람을
앞세우고
기다림 끝에 나타난 너

익숙한 내음
한가득 마음에 담으니
그리움이 밀려든다

어디에서 무얼 하다
이제 왔을까
뼛속에 새겨진
따듯함을 어찌할까

네게 가시가 있다는 것은
정말 행운이야
바라보기만 해야 하는 사랑은
아프다

장터에서2

그 사람 너무 무겁다
그 사람 너무 힘들다

그런 동그라미 속에
가두지 않으려고
험하고 답답한 길
나를 들어내지 않고 가는 길

돌아오지 못하는 시간 속에
빈바가지를 두드리며
시간을 죽이 듯
각설이 타령을 부르고 있다

6부

혼자 부르는 노래

주점

짙게 깔린 어둠
산을
보았네

흔들리는 불빛
물을
보았네

빈 마음 채우려
머무르는 곳

채우지 못한
마음만
아쉬움이네

지나가는 비

마음을 헤집는 천둥소리
미처 닫지 못한
문 사이로
쉴 새 없이 비가 들이친다

단단한 아스팔트를
두드리며
구석구석 빗물이
스며들 때 쯤

어느 새 비는 그치고
빗물 머금은 흙처럼
흐느적거리는
몸뚱이를 다 잡는다

지나가는 비

눈부신 빛이
다시 손을 내밀면
단단해진 마음
어느 새 활짝 개인 하늘

지나간 시간

지난 꼭 그만한
계절
사람들은 웃옷을 벗어 던진 채
땀을 흘리며
빨갛게 달아오르는
태양을 원망하지만
추위에 떨려오는
몸을 감싸 안는

이 세상 한 모퉁이
어딘가에서
이런 나를 기억해줄
하나의 사람

시간은 멀어지고
모습은 깊어진다

지하철에서

그리움에 빈자리
가슴위로
바람은 쏟아지고

기약 없이 흔들리며
지평의
끝을 달린체

한낮의 밝음
떠난 이의 발자국 소리가
채 가시기도 전

넌 괴성을
지르며 달아나는구나.

집

모든게 영원할 수 없는 이 세상
웬만해선 변하지 않는 안식처
문을 열고 들어서면
어머니가 반길듯하고
더러는 체취가 코끝을 스친다
혼자만의 생활에서
감싸주지 않았다면
얼마나 무서웠을까
깊은 밤
악몽에 허덕이다
잠결에 어머니 누워있던 자리를
쳐다보곤 편안히 다시
잠이 드는
보호자 모두 떠난 빈자리를
든든하게 버티어주는 나의 보호자

천국 여행 노트

우연히 참석한 모임에서
선물 받은 노트 한권

여행을 떠나기에 앞서
가족에게
친구에게
전하고픈 말
마음이 정갈해진다

마지막을 부탁하고픈 사람
이름 석자
적으며 소중함 느껴본다

연명 치료 란에 거절이라고
꼭 꼭 눌러 쓴 다음
돌아가는 연습을 하는 모습에서
세월을 바라본다

축제

우르르 몰려든
인파처럼
탁자 앞에 가득 모인
꽃다발

멀리서
생일을 축하해주러
달려온 꽃다발 속에
인생의 봄날은 피어나고

썰물처럼 빠진
수많은 인파속
흥겨운 잔치가 끝난
고요함

휑한 탁자 앞
홀로 서 있는 생일
축제에 막이 내린다

친구2

꽃을 노래하고
별을 세며
영원할 것 같던
우리들의 세상

표독스런 세월은
우리들의 시간을 훔쳐
저 멀리 달아난

푸른 꿈을 안고
희망도 햇빛처럼
빛났으련만

이제 내리막길
되는대로 굴러 떨어지지 말고
맑은 햇빛처럼 살자

탈출 脫出

작은 선물 하나에도
손뼉을 치고 즐거워하면서

우리가 제일 행복하다고
허풍을 떨었지만

반쪽짜리 사랑에
늘 허기져서

비틀거리고 가슴에 멍이 들어
돌아서서 가슴을 쥐어뜯었지

서로를 걱정하다
서로를 미워하다
각자에 성에 갇혀버린 우리
이제 성을 허물고 나오고 싶어

태풍

밤새
창문에 머리를 부딪치며
몸부림치던 나무들

이렇게 고통스러울 바엔
차라리 뿌리 채 뽑혀
생을 끝내달라는
귓가의 아우성
애써 모르는 척
두 눈을 감아버린다

어느새
날이 밝아 바람이 잦고
햇살이 비추면
벅차오르는
삶의 환희
기쁨의 너울이 퍼져나간다

투명인간

더러는
참아야했어
빛이 어둠이라 말해도

분명 셋이 시작한 대화
늘 둘이만 떠들고
난 듣고만 있었지

보이지 않는걸까
정이 많아
상처받는다는 이유

계산이 끝난 뒤
다시 치루어야 하는
억울함
삭이느라 말을 잃었어

한해를 보내며2

새해를 맞을 때는
누구라도
마음속에 다짐 하나씩
눌러보지만

이맘때쯤 되어서는
그 마음 간데없고
시간을 도둑맞은
사람처럼 억울해 하며
허둥거린다

하지만
세월은 그냥 가는게 아니어서
성숙 되어지는
자신을 들여다 볼때마다

희미하게 밝아오는
새벽 불빛 속에
시간이 헛되이 가지 않았음에
감사함을 느낀다

할머니의 하루

초침 소리만 요란히
앞으로 나가지 않는
시곗바늘

유모차에 맞게
구부러진 허리에
기우뚱거리는 발걸음

원망스런 한숨을
내뿜으며
하루를 두드린다

오가는 사람들
눈도장 찍어 보지만
차가운 바람만
발밑으로 빠져 나가고

유난히도 긴 해는
아직도 머리 위를
서성이고 있었다

허수아비

바람결에 내미는 체취
두근거리며
새로운 세상을
꿈꾸어 보지만

빛나던 황금물결
거두어진 빈자리

상심에 빠진 슬픈 눈은
감기지 않아
더욱 깊어지고

겨우 겨우 버티던 외다리
흔들림 속에
깊이 빠져 든다

혼자 부르는 노래

발바닥 굳은살
굽어볼 여력도 없이
줄달음치고

거울 앞 문득 멈춰선
그곳에선
야윈 얼굴 낯선 모습

혼자 앉은 식탁에선
맛도 냄새도 나지 않고
그저 입안에서 맴돌 뿐

잠들기 전
지금까지 지탱해온
사람들의 이름을 불러보니
그들은 꽃이 되고
나비가 되어
혼자 부르는 노래는 외롭지 않았다

홀로서기

많은 날들
두 팔을 흔들며
씩씩하게 걷는다

환한 집안
웃으며 통통 튀어 오르는
그림자가 그리워

잡히지 않는
영상을 반복 재생하다
아무래도 익숙해지지 않는
지루한밤

실을 꿰어 알록달록
꿈을 뜨개질 해본다

화장化粧

입술을 그리면서
맴돌기 시작한

속눈썹을 올리면서
살아나는

예쁘지 않은
검은색 피부

앙금과 저 깊은 곳에 상처까지
두껍게 두껍게

움츠러들었던
어깨가
조금씩 펴지기 시작한다

화해하지 못할 때

거울을 본다
푹 꺼진 눈
튀어나온 광대뼈

비스듬히 서본다
조금은 부드러워진 듯

머리에선
서운해 하지 말라고
끊임없이 명령하지만
가슴에서 열어주지 않는 옹졸함

네가 그 자리에 서봐
떨어지지 않는 발걸음

자리를 바꾸면
마음이 열리고 세상이
환해지는데
그게 그렇게 힘이 든다

회색도시(미세먼지)

가을 하늘은 높고 푸르다

지금은 가을

낮게 드리운 하늘
회색 구름
울음을 삼키고

분홍 빨강 보라의
들꽃들은
향연을 펼치지만

뿌연 안개에 가리어져
제 모습이
보이지 않는다

우렁차게 짝을 찾던
매미마저
떠나버린 거리에서

우울에 젖은
바람만이 몸서리 친다

흔들리는 길

오늘도 차창을 스치듯
지나간 시간의 흐름
잡힐 듯 잡히지 않고

손잡아 이끌어준 어버이 손 끝
멀어진지 아득해
기억 속에 흔들려
그리움만 가득한데

거리엔 바쁘게 오고가는
사람들
안개처럼 희미한 미로

비틀대며
서성이는 처진 어깨위로
희미한
초저녁 별이 쏟아진다

희망

보이지 않는 손길로
잡아채간 목숨 줄
가느다란 거미줄로
사방을 둘러쳐도
너는 소리 없이 파고든다

목소리를 잃고
텅 빈 두 눈으로
소리 없이 걷는
일행에 떠밀려
도착한 밤

고요 속
하나둘 아스러지는
그림자에
힘껏 달려보지만
발자국은 허공만 짚어댄다

멀리 보이는
새벽 한줄기
말간 얼굴로
맞이할 너를 위해
겹겹이 쌓인
기지개를 편다

깊은 내면속 상처받은 자아에 대한 위로와 치유

- 박혜선 시집『혼자 부르는 노래』

홍 성 훈

(시인 · 아동문학가)

한국문인협회 아동문학분과 회장

한국아동문학회 이사장

1〉

박혜선 시인을 처음 만난 것은 한국문인협회 평생교육원에서 동화구연을 지도할 때였다. 박 시인은 가녀린 몸이지만 씩씩하고 반듯한 성격이면서도 정이 많았다. 중견 시인이었는데 어린 손주들을 위해 동화구연을 배운다고 했다.

이번 시집 중「보라색 카네이션」시 속에도 '무슨 복에 이런 사랑을 받는지/손자 손녀에게 사랑 받는게 이리도 행복한지'라고 쓴 부분에서 손자 손녀에 대한 시인의 깊은 사랑과 그로 인한 행복을 엿볼 수 있다. 손자 손녀에 대한 사랑은 이번에 박 시인에게 또 다른 도전을 하게 했다. 동시 작품을 써서 '흠잡을 데 없는 수작秀作'이라는 심사평을 받으며 신인문학상을 수상하고 아동문학가로 등단한 것이다.

늘 배우고 도전하며 바른 심성으로 살아가는 박 시인과 교수와 학생으로 만나 인연을 맺은 지 10여 년이 되어간다. 이번에 박 시인이 두 번째 시집「혼자 부르는 노래」를 상재

한 것을 기쁘게 생각하며 축하하는 마음으로 이 글을 쓴다.

2)

　박혜선 시인의 시집 「혼자 부르는 노래」 속에는 고독과 상처를 형상화한 작품들이 대부분을 차지하고 있다. '난 태어날 때부터 뱁새였다'는 시인의 독백처럼 태고적부터 있었던 것 같은 깊은 고독과 상처가 주상절리처럼 켜켜이 쌓여있다.

　　난 태어날 때부터 뱁새였다.

　　고만고만한 뱁새들의 무리 속에서
　　숨을 두 배로 쉬어보고
　　멈추기도 하면서
　　달리고 또 달리고
　　목을 늘려보고
　　다리를 당겨도 보았지만
　　자라지 않을 가여운 짧은 다리
　　그래 다리가 짧으면 어떠리
　　그게 내 잘못도 아닌데
　　그동안 다리 긴 애들이랑 어울리느라
　　몹시도 힘들었어
　　이젠 편히
　　짧은 내 다리를 사랑해 줄
　　그런 애를 기다릴테야

　　　　　　－〈독백〉 전문 －

하지만 시인은 고독과 싸우지 않는다. 오히려 '이젠 편히/짧은 내 다리를 사랑해 줄/그런 애를 기다릴테야'라고 말한다. 시인은 깊은 고독과 삶의 상처가 있는 자신의 내면을 조용히 마주하면서 스스로를 위로하고 어루만지며 치유의 단계로 끌어올린다.

3〉

세상을 달리는 버스 안에서
꿈실때며
온 몸에 뿔들이 솟아난다

한 낮에 열기를 받아
무럭무럭
자라나는 삼각형의 뿔들

둥글게 살아가는 법을
배워야 한다
뾰족한 곳을
깍아내느라
멍울진 가슴은 깊어만 간다

― 〈동그라미〉 전문 ―

번잡하고 소란스러움이 지배하는 현대사회, 도시에 사는 사람일수록 '고요'에 대한 갈망이 클 것이다. 시인도 그렇다. 하지만 인간답게 살기 위한, 인간의 올바른 자세에 도

달하기 위한 시인의 고뇌는 '세상을 달리는' 시끄러운 '버스 안에서' '한낮의' 뜨거운 '열기' 속에서 자신도 어찌하지 못하고 무참히 부서진다. 뾰족뾰족하게 돋아난 '삼각형의 뿔들'은 곧 나를 찌르고 타인을 찌르고 만다.

한용운 시인은 '바람도 없는 공중에 수직의 파문을 내며 고요히 떨어지는 오동잎'이라고 했다.

바람조차 없는 고요의 상태, 수직의 파문을 불러오는 고요의 힘, 가만히 눈을 감아보자. 그러면 들뜬 마음이 고요속으로 차분히 가라앉는다. 자신을 끊임없이 비우고 행궈내는 담박과 내면으로의 침잠하는 여정의 시간이 절대적으로 필요하다. 그때 비로서 인생의 긴 여정을 걸어갈 힘이 다시 생긴다.

'둥글게 살아가는 법을 배워야 한다'는 시인의 다짐은 독자의 다짐이기도 하다.

4〉

　　발바닥 굳은 살
　　줍어불 여력도 없이
　　줄달음 치고

　　거울 앞 문득 멈춰 선
　　그곳에선
　　야윈 얼굴 낯선 모습

혼자 앉은 식탁에선

맛도 냄새도 나지 않고

그저 입안에서 맴돌 뿐

잠들기 전

지금까지 지탱해온

사람들의 이름을 불러보니

그들이 꽃이 되고

나비가 되어

혼자 부르는 노래는 외롭지 않았다

— 〈혼자 부르는 노래〉 전문 —

'발바닥 굳은살/ 굽어볼 여력도 없이/ 줄달음 치고' 살아온 세월. 20대의 빛나던 청춘의 화자는 어느 날, '거울 앞 문득 멈춰선/그곳에서/야윈 얼굴 낯선 모습'을 한 60대의 변해버린 자신을 만난다. 가슴이 섬뜩해진다. 혼자 먹는 밥은 '맛도 냄새도 나지 않고/그저 입안에서 맴돌뿐'이다.

인간은 원래 혼자일까? 외로움의 의미를 곱씹어 본다. 그때 '지금까지 나를 지탱해준 사람들'을 떠올린다. 그들이 시인에게 나누어 준 것은 무엇인가. 그들은 꽃과 나비처럼 시인의 삶에 기쁨과 행복을 나누었다. 그때 시인은 깨닫는다. 혼자이지만 '혼자 부르는 노래는 외롭지 않다'는 것을.

사랑은 상호관계이다. 서로가 서로에게 기대어 도움을 주고 성장시키는 상생 관계이다. 삶이 외롭고 공허하다고 느낄 때 사랑하는 대상을 떠올리며 그들의 이름을 불러보

자. 나에게 꽃이 되고 나비가 되어줄 존재들을…… '내가
그의 이름을 불러주었을 때/그는 나에게로 와서 꽃이 되었
다.'(김춘수「꽃」)

5〉

소꿉놀이 하며
다정했던
말없이 눈만 보면
마음을 알 수 있던

친구가 있어서
너무 행복해
눈물을 글썽이며
언제 무슨일이 생겨도
늘 내편이던 아이
네게 작은 변화만 생겨도
달려오던

언제부터인지 벽이 생기고
멀어져 갔다.
견딜 수 없어 달려간 그곳에
그 아이는
삶에 지쳐 널브러져
휘청대고 있었다.

— 〈그 아이〉 전문 —

미래에 대한 꿈과 낭만 속에, 순수하고 아름다웠던 어린 시절을 공유하던 친구는, '늘 내편'이던 아이는 어쩌면 시인 자신인지 모른다. '삶에 지쳐 널브러져 휘청대고 있었다'는 이는 괴로움에 몸부림치는 시인의 외침인지도 모른다.

'늘 내편이면서 나를 행복하게 해주는 아이'와 '삶에 지쳐 널브러져 휘청대고 있는' 시인 자신을 동일시 함으로써 삶의 희망은 필연적으로 고통과 함께 존재한다는 것을 역설적으로 말하고 있다.

이런 역설적이고 아이러니한 삶의 모순은 시인의 또 다른 시 「계산법」에도 잘 나타나 있다. '작은 기쁨이 지난 뒤엔/그 만한 값을 치루고 말 듯/ 자식이 태어나는 순간/세상 그 무엇과도 바꿀 수 없는/엄청난 희열을 맛보지만/평생을 값을 치르느라/부모는 등이 굽는다.'

삶과 내면의 갈등속에서 휴머니즘적 몸부림으로 탄생한 시인의 노래(시)가 곡비哭婢처럼 독자의 가슴을 찌르르하게 울리고 있다.

6〉

이번 박혜선 시인의 시집 「혼자 부르는 노래」는 고독과 슬픔이라는 숙명에 대한 자기 연민과 치유의 과정을 담고 있는 작품집이다. 이 작품집에서 보면 박 시인의 시는 기쁨의 감정보다는 슬픔을 자양분 삼아 잉태되고 자란 작품들이 많다. 따라서 그가 삶의 깊은 골짜기를 지나며 깨달은 사유의 깊이만큼 앞으로 좋은 작품을 많이 길어 올릴 것이라 믿는다.

한가지 바람이라면 박 시인이 지금까지 슬픔을 잘 어루만져 찬란한 작품을 창작했듯이, 앞으로는 진흙 속에서 청결하고 고귀한 꽃을 피우는 연꽃처럼, 자신의 열망을 넘어서서 희망과 기쁨을 기반으로 하는 작품으로 나아가기를 바란다.

박 시인의 순도 높은 아름다움과 순수함으로 가없는 담금질 끝에 탄생한 시집「혼자 부르는 노래」가 독자들에게 깊은 감동과 울림을 주고 많은 사랑을 받길 바라며, 박 시인이 오래오래 건강하고 행복하기를 빌어 마지 않는다.

2023년 가을의 문턱에서 홍 성 훈

혼자 부르는 노래

2023년 9월 15일 제 1판 인쇄 발행

지 은 이 ┃ 박혜선
펴 낸 이 ┃ 박종래
펴 낸 곳 ┃ 도서출판 명성서림

등록번호 ┃ 301-2014-013
주   소 ┃ 04552 서울시 중구 삼일대로8길 17 3~4층(충무로 2가)
대표전화 ┃ 02)2277-2800
팩   스 ┃ 02)2277-8945
이 메 일 ┃ ms8944@chol.com

값 10,000원
ISBN 979-11-92945-88-0